MARIE.

SOUPIRS ET CONSOLATIONS,

OU

LYRE HELVIENNE.

Par un Prêtre du diocèse de Viviers.

O nata a consolar l'afflitto mondo,
Teco diviene ogni penar jocondo.
L'abbé SALANDRI.

Vierge, que Dieu créa pour consoler la terre,
Toute peine avec toi devient douce et légère.

LYON,

CHEZ J. B. PÉLAGAUD ET Comp^{ie},

IMP.-LIB. DE N. S. P. LE PAPE.

Grande rue Mercière, 26.

listi Cœmetérium appellá-
tur.

LECTIO III.

EO témpore, Ecclésia Christi summá pace fruebátur, favente Christiánis Alexandro Imperatóre, cujus mater Mamæa, teste Lamprídio, Christi fidem profitebátur. Attamen, cùm Callistus plures Romános Consulári aut Senatóriá dignitáte illustres ad fidem Christi convertisset, missus est in cárcerem, et Mártyrio coronátus.

AD VESPERAS, fit Commemor. S. Theresiæ. Ant. Complácuit. ℣. Audi, LV. *Oratio, ut infrà.*

DIE 15.

SANCTÆ THERESIÆ,
VIRGINIS.
Semiduplex-minus.
De Communi Virginum.

LECTIO II.

THERESIA, Abulæ in Hispániá, nóbili génere orta, ex perlectis in ténera ætáte Mártyrum Actis magnum hausit pietátis sensum. Mórtuá matre, cùm à beatíssimá Vírgine péteret ut se Matrem esse monstráret, pii voti compos effecta, patrocínio singulári Deipáræ semper perfrúita est. Anno

ætátis vigésimo se[cundo]
Abulensi Carmelit[árum]
nóbio vitæ religió[sæ]
emísit. Ibi humi[li]
caritátis opéribus
tiáque singulári
ferè viginti excél[lens]
salútis animárum
infidélium et ha[c]
ténebras perpétu[is]
lácrymis. Ordinis
tárum reformati[óni ag-]
gressa est, et m[o-]
rum ac muliérum
ria, licèt omni hu[-]
xílio destitúta,
Vera Christi sp[iritu]
ejus zelábat hon[órem]
votum emíserit se[fa-]
ciendi quidquid
esse intellígeret.
lestis sapiéntiæ
conscrípsit, quibu[s]
mentes ad super[na]
desidérium máxim[è oritur.]
tur.

LECTIO III.

CUM autem assid[uè cu-]
ret exempla
tanto castigandi c[orporis de-]
sidério æstuábat,
sic allóqui soléret:
aut pati aut mori:
misérrimá morte
exístimans; quán[to cœ-]
lesti ætérnæ vitæ
esset. Prophétiæ
nita, multis illust[ri-]

A MARIE.

SOUPIRS ET CONSOLATIONS,

OU

LYRE HELVIENNE.

LYON, Imp. J. B. PÉLAGAUD.

A MARIE.

SOUPIRS ET CONSOLATIONS,

OU

LYRE HELVIENNE.

Par un Prêtre du diocèse de Viviers.

O nata a consolar l'afflitto mondo,
Teco diviene ogni penar jocondo.
L'abbé SALANDRI.

Vierge, que Dieu créa pour consoler la terre,
Toute peine avec toi devient douce et légère.

LYON,
CHEZ J. B. PÉLAGAUD ET Comp[ic],
IMP.-LIB. DE N. S. P. LE PAPE.
Grande rue Mercière, 26.

1846

Avec autorisation des Supérieurs ecclésiastiques du diocèse de Viviers.

HOMMAGE

A MONSEIGNEUR J. H. GUIBERT,

ÉVÊQUE DE VIVIERS.

A qui mieux puis-je les offrir
Ces chants qu'à l'oblat de Marie?
Pour assurer leur avenir,
A qui mieux puis-je les offrir?
Vous avez daigné les bénir,
Ils porteront des fruits de vie ;
A qui mieux puis-je les offrir,
Ces chants qu'à l'oblat de Marie?

C. H.

PRÉFACE.

On ne lit plus les préfaces, dit-on, je n'en sais rien; pour moi je les lis toujours, car j'aime à voir de prime abord la pensée et le but d'un ouvrage, et c'est ce que je cherche dans l'*Avis au lecteur*. Selon que ce but connu me plaît ou non, je lis ou je ferme le livre. Cette habitude m'a souvent épargné du temps, sans compter les heures d'ennuis dont elle m'a sauvé. Pour fournir à mes lecteurs la même faculté, j'ai cru devoir faire connaître tout d'abord le but où je tends, et la pensée qui me guide.

Les chants religieux ne manquent pas; mais ces compositions me semblent trop faites exclusivement pour la classe pieuse : aussi c'est à peine si elles sont lues par les gens du monde, qui reculent devant ce qu'ils appellent un mysticisme outré, formulé en style de complainte.

Dans ce recueil, j'ai cru pouvoir, d'après le conseil du grand Apôtre, me prêter aux exigences du siècle, en employant le langage du cœur, partout mieux compris, et toujours mieux goûté. Puissé-je contribuer à réconcilier le genre avec la classe nombreuse pour laquelle j'écris, et faire prendre à des mains plus habiles la plume qui m'a servi à faire ces premiers et faibles essais.

Peindre l'état d'un pécheur au premier réveil du remords ; lui faire jeter vers Marie ce cri de l'âme auquel cette bonne Mère n'est jamais sourde ; lui faire dire les secours qu'il a reçus de la souveraine consolatrice des affligés, et enfin le bonheur qu'il goûte à se sentir pardonné : tel est mon but et mon plan dans les chants que je publie avec l'autorisation de mes Supérieurs ecclésiastiques.

LE PHARE.

O
Croix
Chérie!
Je dois
Ma vie
Et mon bonheur
A ton bois sauveur.
Heureux en ta vertu l'homme qui se confie!
Il brave de Satan l'impuissante fureur :
Quand, pliant sous ses maux, sur tes bras il s'appuie,
Il sent dans son cœur
La douleur
Adoucie.
Et quand
Le vent
Sur l'onde
Profonde,
La nuit,
Surgit
Et gronde,
Sa voix
S'écrie :
O Croix
Bénie,
Sur moi
Lève-toi !!...
Signe d'espérance.
Alors devant lui
La Croix se balance,
Et l'orage a fui.
Si mon esquif en pleine mer s'égare,
Brille sur moi, bois sacré, sois mon Phare ;
A travers tant d'écueils fais-moi surgir au port,
A tes pieds en mourant je bénirai mon sort.

1..

A MARIE.

SOUPIRS ET CONSOLATIONS,

ou

LYRE HELVIENNE.

LIVRE PREMIER.

UN SOUVENIR DE BONHEUR.

Près du gibet d'opprobre, aujourd'hui croix de
[gloire,
Où trois jours sur un Dieu la mort eut la victoire,
Devant son Fils mourant je vois Marie en pleurs :
Sublime dans sa pose où perce l'espérance,
Elle attend un regard pour baume à sa souffrance;
    Rien ne répond à ses douleurs !

L'œil collé sur Jésus qui vers elle s'incline,
Elle demande un mot à sa bouche divine :
Ce mot est prononcé, son grand cœur l'a compris.
L'apôtre-vierge seul suit son Maître au Calvaire,
Le Sauveur le regarde, il le montre à sa Mère :
    Femme, dit-il, voilà ton fils.

Oh! l'heureux mot pour nous , enfants de l'ana-
[thème!
En léguant à la Vierge un disciple qu'il aime ,
Jésus dans sa pensée avait tous les humains :
Moi pécheur, j'étais là... dès cet instant, Marie ,
A ton amour de mère il confia ma vie ,
    Mon sort fut remis en tes mains.

Ton œil sur mon berceau veilla dès ma naissance ,
Dans un sentier de fleurs tu guidas mon enfance ,
Ta voix à la vertu dressa mon jeune cœur :
Sur ton sein maternel je vivais de ta vie ,
Le ciel s'ouvrait riant à mon âme ravie ,
    Je t'aimais , j'avais le bonheur !

Riche des dons du ciel , mon âme calme et pure ,
Heureuse du bonheur que la vertu procure ,
N'en soupçonnait pas d'autre au terrestre séjour ;
Le siècle à mes regards offrait en vain ses charmes,
Je lui laissais sa joie , et mon cœur sans alarmes
    Dormait bercé dans ton amour.

Comme l'on aime au ciel je t'aimais sur la terre ,
Si mon âme eût dès lors fui son exil, ma Mère ,
L'ange à sa pureté l'eût prise pour sa sœur :
Ah ! pourquoi sur un sol partout couvert de fange ,
A-t-elle si longtemps arrêté son pied d'ange ,
    Pour n'arriver qu'à la douleur !

Au pied de tes autels où j'aimais à me rendre,
Dans cette âme à flots purs la paix semblait descen-
J'assistais aux concerts des célestes parvis;   [dre,
De Jésus dans tes bras j'épiais le sourire,
Peut-être en me voyant se plaisait-il à dire :
    Tendre Mère, voilà ton fils,

Qu'ils étaient beaux ces jours où, sous tes yeux,
                         [Marie,
Satisfait du présent, je marchais dans la vie,
Sans regrets du passé, sans vœux pour l'avenir !
Age où tout fut pour moi joie, amour, innocence,
Heureux sommeil du cœur, paix de l'adolescence,
    Pourquoi n'es-tu qu'un souvenir ?

Ah! dans l'instant critique où l'âme se réveille,
Enfants d'Eve, au serpent fermez, fermez l'oreille,
Mille Satans alors sont à l'affût d'un cœur :
Sachez que sous les fleurs dont il orne le vice,
Le monde sous vos pas couvre le précipice
    Où va se perdre tout bonheur.

L'ILLUSION.

Viens, disaient-ils, laisse-là tes entraves,
Le cœur de l'homme est fait pour le bonheur ;
De la vertu vois les pâles esclaves,
Que gagnent-ils à torturer leur cœur !
A peine assis au banquet de la vie,
Veux-tu comme eux nous priver de t'y voir ?
Pourquoi briser ta coupe encor remplie ?
Pour dire adieu laisse arriver le soir.

Leur douce voix dans mon âme enhardie
Jette le doute, éveille les désirs :
Pourquoi ne pas essayer de leur vie ?
La mort est-elle au fond de leurs plaisirs ?
Puis, las de croire aux tardives promesses
D'une vertu qui ne vit que d'espoir,
J'ouvris mon âme à toutes les ivresses,
Et j'oubliai que la vie a son soir !

Dans la carrière alors fier je m'élance,
Libre et sans frein, dévorant l'avenir ;
Mon cœur joyeux et riche d'espérance
Vit d'un bonheur qu'il croit déjà tenir.

Tout me sourit et m'attire et m'enflamme,
Je veux dès lors tout sentir et tout voir ;
Craignant sa voix, je déserte mon âme,
Sans me douter que j'étais près du soir !

Et je dormais dans cette douce vie...
Mais qu'il fut court mon rêve de bonheur !
L'absinthe, hélas ! noya mon ambroisie,
Et mon plaisir fondit sous la douleur.
Flatté par eux quand tout m'était prospère,
Je me vis seul lorsque mon ciel fut noir ;
Mon cœur sans or ne pouvant seul leur plaire,
Ils m'ont quitté sans attendre le soir.

LE RÉVEIL.

Autour de moi quel vide immense !
Ils ont tous fui... je suis seul à souffrir ;
Je crie en vain, tout est silence...
Dans ma douleur, personne à qui m'ouvrir !
Pour moi la nature est muette,
Le ciel est fermé sur ma tête,
A tout espoir faut-il mourir ?

Quel souffle a passé sur ma vie ?
Purs sentiments qu'êtes-vous devenus ?
Dans moi la source en est tarie,
Mon cœur flétri croit à peine aux vertus.
Paisibles nuits de mon enfance,
Jours si sereins de l'innocence,
Ne me serez-vous pas rendus ?

Errant sur les mers sans boussole,
J'ai trop souffert dans la nuit de l'erreur !
Toi qui fis tout d'une parole,
Jette sur moi, jette un regard vainqueur.
Dieu que j'oubliai, que j'adore,
Si de toi je suis digne encore,
Eclaire-moi, parle à mon cœur !

Mais vers Dieu, mon maître et mon juge,
Comment, rebelle, oser lever les yeux?
Toi des pécheurs le doux refuge,
Dans ta pitié, Marie entends mes vœux :
De toi j'attends ma délivrance,
Seule tu fais mon espérance,
Seule tu peux me rendre heureux !

REFUGIUM PECCATORUM.

D'un cœur séduit triste victime,
Vierge, du profond de l'abîme,
J'ai crié vers Dieu, votre fils ;
Hélas ! fidèle à sa menace,
Comme je fus sourd à sa grâce,
Il s'est montré sourd à mes cris.

Oubliant sa bonté propice,
S'il n'écoute que sa justice,
Sans retour je suis condamné :
On dit pourtant, j'aime à le croire,
Qu'à faire grâce il met sa gloire,
Serais-je seul abandonné ?

Marie, ô vous pour tous si bonne,
D'un regard faites-moi l'aumône,
Je suis l'enfant de vos douleurs :
L'enfant repoussé de son père,
Met tout son espoir en sa mère,
Sûr de faire accueillir ses pleurs.

Reine, avocate tutélaire,
Portez à ses pieds ma prière,
Vous savez toujours le fléchir ;
Aux yeux de ce juge suprême
Le prix de mon âme est le même,
Faites parler mon repentir.

Si dans le pécheur qui l'implore
Il veut que la foi vive encore,
Vierge, dites-lui que je crois :
Si, pour lui prouver que je l'aime,
Il faut me renoncer moi-même,
Dites-lui que j'ai pris ma croix.

Ce grain de foi dont vit mon âme
Longtemps n'attisa que la flamme
Du remords qui fait mon tourment !
Voyez jusqu'où fut mon délire,
Parfois dans mon cœur j'osais dire :
Que ne puis-je être indifférent !

Dans cette fausse paix du crime
Ne souffrez pas que je m'abîme,
C'est de la mort le vrai sommeil :
Du Dieu que l'univers encense
Faites-moi sentir la présence,
Que je revive à son soleil !

L'ECHO.

Dans la vallée ombreuse,
Loin d'un monde trompeur,
Je viens, triste et rêveuse,
Chercher la paix du cœur;
Pleurant, je me repose
Sous le dais d'un ormeau,
Je veux prier, je n'ose....
    — Ose,
Répond soudain l'Écho.

Sur la rive odorante
J'abaisse alors mes yeux,
Dans l'onde transparente
Je vois trembler les cieux.
Puis-je encore, ô mon père!
Gagner ce ciel si beau!
Hélas! j'en désespère....
    — Espère,
Répond soudain l'Écho.

Pour mon âme en souffrance
C'est un rayon de miel,
L'ange de l'espérance
Ouvre à mes yeux le ciel.
Mais ce bonheur suprême,
Par quel effort nouveau
Dois-je l'avoir moi-même ?
     — Aime,
Répond soudain l'Écho.

J'aime et je suis heureuse,
Ma sœur, fais comme moi,
Dans la vallée ombreuse
Va retremper ta foi.
Si le Dieu de clémence,
Te marquant de son sceau,
T'offre sa récompense....
     — Pense
Que Marie est l'Écho !!

LE DÉCOURAGEMENT.

O Marie! ô ma Mère,
Sauve-moi, je péris :
Vois, toujours même guerre....
Prends pitié de ton fils.
O Marie! ô ma Mère!
Sauve-moi, je péris.

Ma vie est un mystère où ma raison s'abîme,
Si je veux le sonder je sens ma foi mourir.
J'admire la vertu, j'en comprends le sublime,
Et dans sa voie, hélas! je ne saurais courir!!
    O Marie! etc.

Du Dieu qu'on dit si bon la volonté suprême
M'aurait-elle au berceau marqué pour le malheur?
Le penser est un crime, et le dire un blasphème :
Je le sais, mais encor puis-je croire au bonheur?
    O Marie! etc.

Sur un buisson fleuri j'ai vu l'oiseau timide
Voler en rond, crier, puis tomber et mourir...
Un serpent l'attirait de son souffle homicide.
Je suis, moi, cet oiseau, je crie et voudrais fuir!
    O Marie! etc.

Je vois le bien, je l'aime et ne veux pas le faire!
Je me sens entraîné vers le mal que je hais :
Combien d'êtres pourtant, enfants du même père,
Dont la vie est unie et coule dans la paix!
       O Marie! etc.

Au sein de mes combats tu m'as dit : Veille et prie ;
J'ai prié, tout est sourd... qu'attendre? Ah! je fré-
                         [mis !...
Quoi! ce cœur, dont aimer fut ici-bas la vie,
Ne vivrait que de haine au séjour des maudits?
       O Marie! etc.

Ce penser dans mon âme a jeté le délire ;
Il tient mon cœur foulé comme sous le pressoir.
Un mot de toi, Marie, a sur Dieu tant d'empire ;
S'il m'aime encor, dis-lui de me rendre à l'espoir.

       O Marie! ô ma Mère!
       Sauve-moi, je péris :
       Vois, toujours même guerre...
       Prends pitié de ton fils.
       O Marie! ô ma Mère!
       Sauve-moi, je péris.

VIRGO POTENS.

Dans le monde égarée,
De son Dieu séparée,
L'âme aux remords livrée,
Ne connaît que douleur :
Heureux l'instant, Marie,
Où cette âme flétrie
Vers toi se tourne et prie!...
Tu la rends au bonheur.
    Divine Mère,
    Dans ma misère,
En t'implorant je sens grandir ma foi :
    En toi j'espère,
    Car ta prière
Au ciel peut tout sur le cœur du grand Roi.

Ton doux nom sur la terre
Comme au ciel, Vierge-Mère,
Seul forme une prière
D'espérance et d'amour :
L'homme, heureux de le dire,
Croit te voir lui sourire
Et déjà s'introduire
Au céleste séjour.
    Divine, etc.

Seule en cette vallée,
Mon âme désolée,
Pour être consolée,
Vierge, s'ouvrait à toi ;
C'était l'heure où des anges
Les divines phalanges
T'adressent leurs louanges,
O Mère de leur Roi !

      Divine, etc.

Depuis longtemps, ma Mère,
Une pensée amère
Arrêtait la prière
Dans mon cœur plein d'effroi :
Et mon âme attendrie
Te disait : Quoi ! Marie,
Ce beau ciel, ma patrie,
Serait fermé pour moi ?

      Divine, etc.

Contemple cette cime,
Là, dis-tu, pour ton crime
Un Dieu s'est fait victime,
Là tu fus pardonné :
Reconnais ce Calvaire,
Tout là te crie : Espère,
Là Dieu me fit ta mère,
Là tu me fus donné.

      Divine, etc.

Ces mots de ta clémence
Dans mon âme en souffrance
Font passer l'espérance,
Dissipent ma terreur :
Au Dieu bon qui pardonne
Calme je m'abandonne,
Et sans retour lui donne
Mon amour et mon cœur.
  Divine Mère,
  Dans ma misère,
En t'implorant je sens grandir ma foi :
  En toi j'espère,
  Car ta prière
Au ciel peut tout sur le cœur du grand Roi.

LE DÉSIR.

Toi qui toujours dans ma misère
    Veillas sur moi,
Ouvre-moi ton cœur, ô ma Mère!
    Je viens à toi.
Sur mon passé que je déplore
    Ferme les yeux;
Si tu daignes m'aimer encore,
    Je suis heureux!

Le monde à mon âme inconstante
    Jeta ses fleurs,
Il m'offrit sa coupe enivrante,
    J'y bus des pleurs.
D'un cœur que le remords dévore
    Entends les vœux,
Si tu daignes m'aimer encore,
    Je suis heureux!

Elle était si calme ma vie,
    Quand je t'aimais!
Je veux t'aimer encor, Marie,
    Rends-moi la paix.

Reconnais un fils qui t'implore
    Dans ce lépreux ;
Si tu daignes m'aimer encore,
    Je suis heureux !

J'exhalais ainsi ma prière,
    Tu m'entendis ;
Au Dieu qui te nomme sa mère
    Tu me rendis.
Ce Dieu, que dans tes bras j'adore,
    Là, sous mes yeux,
M'a dit qu'il veut m'aimer encore :
    Je suis heureux !

LE SECOURS.

Oui, Marie est ta mère,
Console-toi, mon fils ;
Quand je te dis : Espère,
Ne dis plus : Je péris ;
Oui, Marie est ta mère,
Console-toi, mon fils.

Du séjour du repos d'où sur toi mon œil veille,
Mon cœur veut bien répondre aux cris de ta dou-
[leur :
Je suis ta Mère encor ; mon fils, prête l'oreille ;
Que j'éclaire ton âme, et relève ton cœur.
     Oui, Marie est ta mère, etc.

Des doctrines du jour le souffle délétère,
Je le vois, dans ton âme a presque éteint la foi :
Pourquoi donc t'étonner si , privé de lumière,
Ton œil ne peut sonder les secrets de la loi ?
     Oui, Marie est ta mère, etc.

                            2.

Ton passé te fait peur, l'avenir te désole,
Et tu perds ton présent en stériles soupirs !
Mon fils, pour retrouver cette foi qui console,
En actes de vertus change tes longs désirs.
Oui, Marie est ta mère, etc.

Mes chutes ont lassé la divine clémence,
Je n'ose plus, dis-tu, réclamer mon pardon :
Captif, oublierais-tu que pour ta délivrance
Dieu même de son sang a payé ta rançon ?
Oui, Marie est ta mère, etc.

Pauvre exilé, chez toi l'espoir doit-il s'éteindre,
Parce qu'un jour ton âme aura pu s'égarer ?
Si tu crois au Dieu juste alors qu'il dit de craindre,
Tu dois croire au Dieu bon lorsqu'il dit d'espérer !
Oui, Marie est ta mère, etc.

Au délégué du ciel découvre ta misère,
Humble, verse à ses pieds les pleurs du repentir :
Dans ton âme, à ce prix, le calme doit se faire,
Là ton juge t'attend, mais c'est pour te bénir.

Oui, Marie est ta mère,
Console-toi, mon fils ;
Quand je te dis : Espère,
Ne dis plus : Je péris.
Oui, Marie est ta mère,
Console-toi, mon fils.

L'IMAGE.

Quand dans la nature assombrie
Tout semble attrister mon esprit,
Quand mon cœur est las de la vie
Et qu'à mon œil rien ne sourit,
Quand sur mon front tout est nuage,
Que rien ne parle à ma douleur,
Je vais, Marie, à ton image :
En la voyant je renais au bonheur.

Sous ton cil noir brille la flamme
Du pur amour qui te nourrit ;
Je crois voir passer ta belle âme
Sur ta lèvre qui me sourit ;
Il me semble ouïr ton langage,
Et cédant à ma douce erreur,
Sur mon sein je mets ton image :
En la voyant je renais au bonheur.

Ah ! loin de toi, toi que j'implore,
Mes jours sont bien lents à couler !
A chaque soir, à chaque aurore,
Rien qui vienne me consoler !

Si je sens faiblir mon courage
Aux étreintes de la douleur,
Je me tourne vers ton image :
En la voyant je renais au bonheur.

Quand vers le soir, dans sa prière,
Mon âme parle au Roi des cieux,
Pour mieux apaiser sa colère,
J'aime à te voir là sous mes yeux.
La nuit, si d'un rêve d'orage
Mon âme éprouve la terreur,
Je m'éveille sur ton image :
En la voyant je renais au bonheur.

Combien j'aime à te voir sourire
A l'Enfant-Dieu qui te sourit !
Ton œil parlant semble lui dire :
« Mon Fils, voyez comme il gémit ! »
D'un sort plus doux lisant le gage
Dans ton regard consolateur,
Je dis en voyant ton image :
Ah ! désormais je puis croire au bonheur !

GLOIRE A TOI. *

A MARIE.

Gloire à toi !. j'ai vaincu ; par toi, Vierge puissante,
 Mon âme a reconquis la paix :
Gloire à toi ! j'ai brisé la chaîne avilissante
  Qu'aveugle, hélas ! je chérissais !
  De mon triomphe à toi la gloire,
  Tu m'as rendu fort contre moi ;
  Mon cœur qui te doit sa victoire,
  A tout jamais se voue à toi !

  Gloire à toi, puissante Marie,
  Amour à ton cœur maternel :.
  D'un regard tu refais la vie,
  D'un mot tu fléchis l'Eternel.

Quand pour dorer les fers d'un trop doux esclavage,
 Tout souriait à mes désirs,
Quand pour fermer mon âme aux remords du jeune
 L'enfer me jetait ses plaisirs :   [âge,

---

* Historique.

Comment, sous ce fatal prestige,
A mon Dieu pouvoir revenir?
Marie, il fallait un prodige :
Toi seule as pu me l'obtenir !

Comme Augustin jadis, l'âme aux sens asservie,
Sans jamais avoir combattu,
Pourquoi chercher, disais-je, à refaire ma vie?
Mon cœur est mort pour la vertu!
Dès lors au sein de la prière
Je n'allais plus nourrir ma foi,
Du ciel oubliant la colère,
Je dormais pécheur sans effroi !...

Un soir de ce beau mois où ta main, Vierge pure,
Verse les grâces dans les cœurs,
Ainsi que dans nos champs la main de la nature
Verse les parfums et les pleurs ;
Un soir de mai, vers ta chapelle
Je suivis tes enfants pieux,
Enviant à leur cœur fidèle
La foi qui les rendait heureux.

De vierges au front pur une foule attendrie
De ton cœur chantait les bienfaits :
Ingrat, je rougissais... lorsque ta voix, Marie,
Me dit : « Mon fils, je t'attendais.
Du sang du Dieu dont je suis mère
Ton nom fut inscrit sur la croix,
Ce sang, là haut, te crie : Espère....
Comme Augustin entends sa voix.

Et d'un regard sur moi de ma foi presque éteinte
   Tu rallumas le doux flambeau :
Tu me rendis l'espoir, tu dissipas ma crainte,
   Et tu me fis un cœur nouveau.
      De la vertu dans tous ses charmes
      Tu mis l'image sous mes yeux ;
      Emu, je sentis quelques larmes,
      De mon retour indice heureux.

Sans doute qu'un rayon des clartés éternelles
   Dans mon âme alors descendit ;
Car sous un nouveau jour, sous des couleurs nou-
   Tout vint s'offrir à mon esprit.   [velles
      Siècle d'orgueil, de ta sagesse
      Je compris les folles erreurs ;
      Dans ce que tu nommes faiblesse
      Je vis le crime et ses horreurs.

D'être à mon Dieu toujours, de vivre de sa vie
   J'ai fait le serment dans mon cœur ;
Un doux calme est passé dans mon âme ravie,
   Ce calme est déjà du bonheur.
      Lavé dans le bain salutaire,
      J'ai vu sur moi le ciel s'ouvrir ;
      Depuis ce jour mon âme espère
      Ce ciel promis au repentir.

      Gloire à toi, puissante Marie,
      Amour à ton cœur maternel :
      D'un regard tu refais la vie,
      D'un mot tu fléchis l'Eternel.

DEPUIS LE CINQ MAI.

Depuis le cinq mai, fête du Carmel,
  Où mon cœur s'ouvrit à Marie,
Depuis le cinq mai je vis de la vie
  Dont le peuple élu vit au ciel!
    Dans la patrie éternelle,
    Que fait la troupe immortelle?
    Dans la patrie éternelle,
    Elle chante, aime et bénit
    La vierge qu'un Dieu chérit.
C'est ce qu'ici-bas je veux toujours faire,
    O ma Mère!
    C'est ton amour seul que je veux,
    Et mon cœur sur la terre
    Sera plus heureux,
    Oui, ma Mère,
Toujours, toujours plus heureux.

Combien je souffrais alors qu'à la foi
  Mon âme, hélas! s'était fermée!
Mais dans ma douleur quand je t'eus nommée,
  Je sentis l'espoir naître en moi.

Heureux celui qui te prie ,
Vierge puissante, ô Marie !
Heureux celui qui te prie !
Eût-il l'enfer dans son cœur ,
Tu sais le rendre au bonheur.
Mon âme en tout temps vivra pour te plaire ,
O ma Mère !
C'est ton amour seul que je veux, etc.

Depuis ce beau soir, la paix, le bonheur,
Ont pris leur séjour dans mon âme ;
Depuis ce beau soir, d'une sainte flamme
Je sens pour toi brûler mon cœur.
Combien je plains l'âme humaine ,
Vierge pure, aimable Reine ,
Combien je plains l'âme humaine
Qui perd pour un vain plaisir
Le bonheur de te servir !
Pour moi je ne veux chercher qu'à te plaire ,
O ma Mère !
C'est ton amour seul que je veux,
Et mon cœur sur la terre
Sera plus heureux ,
Oui, ma Mère ,
Toujours, toujours plus heureux.

AUXILIUM CHRISTIANORUM.

Qui me donnera sur la terre
De dire assez haut les bienfaits
De celle que, dans sa misère,
L'homme en vain n'appela jamais?
Par sa prière au ciel constante,
Elle est sur Dieu toute-puissante,
Il faut le dire à l'univers!...
Au joug de l'enfer asservie,
Quelle âme, au seul nom de Marie,
N'a senti se briser ses fers?

Depuis qu'assise dans la gloire,
Elle règne au divin séjour,
Chaque âge fait briller l'histoire
De mille traits de son amour.
Sur chaque point du globe immense
La Vierge a marqué sa puissance
A consoler tous les mortels :
Sur les monts, voisins des nuages,
Dans les vallons, sur les rivages,
Partout Marie a des autels.

Elle est des mers la blanche étoile
Qui des flots calme la fureur :
Le pieux marin sur sa voile
A tracé son nom protecteur.
Aussi, voyez, quand sur sa tête
S'amasse et gronde la tempête,
Comme il se fie à son pouvoir !
C'est Marie, et toujours Marie,
Qui sort de sa bouche qui prie,
En Marie est tout son espoir.

Aux pieds de cette humble servante
Que sont à genoux tous ces Rois ?
Plus qu'eux ils la savent puissante,
Ils vont se ranger sous ses lois.
Que font aux autels de Marie
Ces défenseurs de la patrie,
Ces braves et pieux guerriers ?
Couverts de poussière et de gloire,
A la Reine de la victoire
Ils viennent offrir leurs lauriers.

Et nous, dans ce pèlerinage
Où tant de vents soufflent toujours,
Pour nous préserver du naufrage
A notre Mère ayons recours.
Heureux qui sous tes yeux, Marie,
Soutient les combats de la vie !

5.

Il sort toujours victorieux :
Ton nom seul est une puissance ;
Il sent grandir son espérance
Quand ta main lui montre les cieux.

JE SUIS A TOI.

Je suis à toi, Marie, à toi si bonne
    Pour ton enfant;
Je veux t'aimer, Dieu ton fils me l'ordonne,
    Il t'aime tant!

Reçois mon cœur, mon amour et ma vie,
    Reçois ma foi:
Oui, pour toujours, mère tendre, ô Marie!
    Je suis à toi.
    Oh! oui, je suis à toi.

Je suis à toi... sur l'océan du monde
    Je ne crains pas;
Vers mon étoile, alors que le ciel gronde,
    Je tends les bras.

Si l'ouragan semble, dans sa furie,
    Fondre sur moi,
Je le vois fuir dès que je dis : Marie,
    Je suis à toi.

Je suis à toi, quelle paix, Vierge-Mère,
    Règne en mon cœur!
Pour qui te sert la vie est moins amère,
    Rien n'est douleur.
Des passions qui dévorent la vie
    Tu le fais roi :
Il se sent fort alors qu'il dit : Marie,
    Je suis à toi.

Je suis à toi... mais vois, l'enfer avide
    Mugit toujours ;
Contre ses traits, Vierge, sois mon égide,
    Défends mes jours.
De ton regard, quand s'éteindra ma vie,
    Soutiens ma foi ;
Que plein d'espoir, je dise en paix : Marie,
    Je suis à toi !
Oh ! oui, je suis à toi.

LE NOM DE MARIE.

Salut, douce Marie,
Salut, Mère chérie,
Nom d'amour et de paix :
Reçois de ma jeune âme
Le désir qui l'enflamme
De t'aimer à jamais.
Livré dans cette vie
A la dent du lion,
Je ris de sa furie
En murmurant ton Nom.

A te servir, Marie,
Je veux passer ma vie,
C'est là qu'est le bonheur ;
Serre, ma douce Reine,
Serre l'heureuse chaîne
Qui captive mon cœur.
Toujours, va, je l'espère,
Ton enfant sera bon,
Puisqu'il nomme une mère
En murmurant ton Nom.

Sur l'océan du monde,
C'est sur toi que je fonde
Le bonheur de mon sort ;
Vierge, sois mon étoile,
D'un souffle enfle ma voile,
Et me dirige au port.
Ma voix, quand un nuage
Noircira l'horizon,
Dissipera l'orage
En murmurant ton Nom.

Heureux sous ton empire,
Le monde a beau sourire,
Je n'en veux pas jouir....
A toi toute ma vie,
A toi ma mort, Marie,
Puisqu'il faudra mourir.
Alors d'une parole
Rends-moi mon juge bon,
Que mon âme au ciel vole
En murmurant ton Nom.

L'ABANDON A MARIE.

A Marie
De ma vie
Je confie
Tout le cours,
Et j'espère
Sur la terre
De ma Mère
Le secours.

A la face du ciel, ô Vierge tutélaire !
Je te prends en ce jour pour ma Reine et ma Mère ;
En tout temps et partout veille sur ton enfant,
Des vains attraits du monde il sera triomphant.
          A Marie, etc.

Sur l'océan du monde où ma barque légère
A travers mille écueils vogue sur l'onde amère,
Marie, astre des mers, dirige ton enfant,
De la fureur des flots il sera triomphant.
          A Marie, etc.

De Satan contre moi je brave la furie,
Je sais qu'il prend la fuite au seul nom de Marie;
Ton nom gravé, Marie, au cœur de ton enfant,
Du monde et de l'enfer le rendra triomphant.

A Marie, etc.

Oh! qu'il me sera doux, à mon heure dernière,
D'avoir aimé toujours une si bonne Mère!
L'œil fixé sur ce cœur dont mon juge est l'enfant,
Des terreurs de la mort je serai triomphant.

A Marie
De ma vie
Je confie
Tout le cours,
Et j'espère
Sur la terre
De ma Mère
Le secours.

AVE MARIA.

Salut, Marie, ô vous que Gabriel
Nomma bénie entre toutes les femmes ;
Que béni soit, ici-bas comme au ciel,
Dieu votre fils, Rédempteur de nos âmes.
  Mère de l'homme des douleurs,
  Montrez-vous aussi notre Mère,
  Priez pour nous, pauvres pécheurs,
  Surtout à notre heure dernière.

TOUJOURS, TOUJOURS A MARIE.

Pour sentir moins les douleurs
Dont notre vie est semée,
A la Vierge bien-aimée,
Amis, consacrons nos cœurs,
A la Vierge bien-aimée,
Amis, consacrons nos cœurs.

Heureux qui marche toujours
Sur les traces de Marie !
Si nous vivons de sa vie
En paix couleront nos jours ;
    Toujours, toujours,
Si nous vivons de sa vie,
    Toujours, toujours,
En paix couleront nos jours.

J'entends le lion rugir
Dans sa jalouse furie,
Mais au seul nom de Marie
Devant moi je le vois fuir ;
Mais au seul nom de Marie
Devant moi je le vois fuir.

Pour mettre à couvert nos jours
Sur nous portons son image,
De notre pèlerinage
Elle embellira le cours.
  Toujours, toujours
De notre pèlerinage,
  Toujours, toujours
Elle embellira le cours.

Quand sur les flots agités
Souffle le vent des orages,
Pour relever nos courages
Marie est à nos côtés,
Pour relever nos courages,
Marie est à nos côtés.
 Elle nous aime toujours,
Pour nous son cœur veille et prie;
Dans les combats de la vie,
A la Vierge ayons recours;
  Toujours, toujours
Dans les combats de la vie,
  Toujours, toujours
A la Vierge ayons recours.

Dans nos malheurs, ici-bas
Lorsque tout nous abandonne,
Cette Mère, toujours bonne
Seule ne nous quitte pas,
Cette Mère, toujours bonne
Seule ne nous quitte pas.

Pour mériter son secours
Je veux l'aimer et lui plaire ;
A la chanter sur la terre
Je veux consacrer mes jours.
    Toujours, toujours
A la chanter sur la terre,
    Toujours, toujours
Je veux consacrer mes jours.

LE PLAISIR N'EST PAS LE BONHEUR.

Du monde en vain la voix m'appelle,
Je ne veux plus de ses plaisirs :
Il promet tout, et l'infidèle
Se joue, hélas ! de nos désirs !
Non, tes attraits, monde frivole,
Ne sauraient plus tenter mon cœur : *bis.*
Ton plaisir flatte, blesse et vole... } *bis.*
Le plaisir n'est pas le bonheur.

Mon œil dans ta scène bruyante
A vu partout des fronts joyeux :
Mais de ces cœurs que tout enchante
Nul ne m'a dit : Je suis heureux.
Non, tes attraits, monde frivole,
Ne sauraient plus tenter mon cœur : *bis.*
Ton plaisir flatte, blesse et vole... } *bis.*
Le plaisir n'est pas le bonheur.

J'ai connu ta joie éphémère,
J'ai trop payé tes courts plaisirs;
Mon cœur, libre enfin sur la terre,
Suspend au ciel tous ses désirs.

Non, tes attraits, monde frivole,
Ne sauraient plus tenter mon cœur : *bis.*
Ton plaisir flatte, blesse et vole... } *bis.*
Le plaisir n'est pas le bonheur.

A toi, Marie, à toi mon âme,
Je te la donne sans retour;
Eteins en moi toute autre flamme,
Sois désormais mon seul amour !

Non, tes attraits, monde frivole,
Ne sauraient plus tenter mon cœur : *bis.*
Ton plaisir flatte, blesse et vole... } *bis.*
Le plaisir n'est pas le bonheur.

LYRE HELVIENNE.

LIVRE SECOND.

RECONNAISSANCE.

LA PRIÈRE.

Toi qui t'es cru dans ta carrière
Déshérité de tout bonheur,
Permets que je te dise, Espère,
Laisse-moi relever ton cœur.
Hélas ! dans mon pèlerinage,
Comme toi, sur l'aride plage
Je fus délaissé plus d'un jour :
Mais, l'œil fixé vers la patrie,
Comptant sur l'Etoile bénie,
Des flots j'attendis le retour.

Au ciel, dans ma douleur mortelle,
J'ouvrais mon âme, je priais...
Le flot remonte, et ma nacelle
Passe à la mer et vogue en paix.
Prier, c'est rentrer dans la vie ;
Pour le cœur humble qui supplie
Le ciel ne fut jamais d'airain ;
Et la prière, aux jours d'orage,
C'est le rayon dans le nuage
Qui rend l'espoir au pèlerin.

Cette fleur sous le vent fanée,
Triste, se ferme et va mourir :
Que sur sa corolle inclinée
L'eau tombe, on la voit se rouvrir.
Au vent des passions flétrie,
Ton âme au désert de la vie
Se dessèche comme la fleur :
Retrempe-la dans la prière,
Pour elle c'est l'eau salutaire
Qui doit lui rendre sa fraîcheur.

Si tu savais le pur délice
Que goûte à l'ombre de l'autel
L'âme offrant son amer calice
A Jésus abreuvé de fiel !
C'est là qu'heureuse et solitaire,
Comme un enfant devant son père,

Elle attend un regard d'amour ;
Qu'elle est belle dans son silence !
Son front rayonne d'espérance....
Elle a vu la céleste cour !

Parle à ton Dieu, supplie et presse,
A ta voix il obéira ;
Ne connais-tu pas sa promesse :
« Frappez, et l'on vous ouvrira? »
Mais pour mieux te rendre propice
Le Dieu dont tu crains la justice,
Par Marie offre-lui ton cœur :
Va, prie, espère en sa clémence,
Et sache que, dans la souffrance,
Prier, c'est déjà du bonheur.

L'OFFRANDE.

MAI.

Le doux printemps à la nature
A rendu sa robe de fleurs :
Le ciel est bleu, l'onde est plus pure,
Tout plaît, sourit et parle aux cœurs.
Tandis qu'au ciel la terre unie
Du bonheur chante le retour,
Laisse-moi t'offrir, ô Marie !
Mon cœur, ma lyre et mes hymnes d'amour.

Comme en ce beau mois tout s'éveille
Pour chanter la Reine des cœurs !
Tu la bénis, céleste abeille,
En bourdonnant parmi les fleurs,
Tu puises ton miel et ta vie
Dans leur calice en ce séjour ;
Moi, je vais auprès de Marie
Puiser ma vie et mes hymnes d'amour.

Depuis que sur mon existence
A lui ton rayon protecteur ,
La paix, le bonheur, l'espérance,
Ont pris leur séjour dans mon cœur ,
Oh! qu'elle était pâle ma vie ,
Quand tu me rappelas au jour !
De toi j'ai tout reçu, Marie ;
A toi ma lyre et més hymnes d'amour.

Tu me gardas ton cœur de mère ,
Aux jours même où je fus pécheur ,
Ton œil me suivit sur la terre
Dans le chemin de mon erreur.
Au dernier souffle de ma vie ,
Quand pour moi s'éteindra le jour ,
Montre-toi ma mère , ô Marie !
Reçois mon âme et mes hymnes d'amour.

LE LIS.

IMMACULÉE CONCEPTION.

Jetez les yeux sur la sombre vallée :
L'orage s'est levé, son souffle a tout détruit ;
Toute beauté s'en est allée ;
Le gazon n'est plus vert, l'arbre a perdu son fruit.
Que cette vue est désolante !
Le sol naguère était si beau !...
Pas une fleur, pas une plante,
Ce n'est plus qu'un vaste tombeau !

Parmi les fleurs victimes de l'orage,
O prodige ! à mes yeux je vois briller un lis !...
Le noir torrent, dans son passage,
L'a laissé seul debout sur ces tristes débris.
Devant lui la foudre lancée
Arrêta son feu dévorant ;
Sa tête au ciel toujours dressée
N'a pas bu les eaux du torrent.

Gardant toujours la rosée odorante
Que dans son pur calice il reçut le matin ,
    Ce lis au vallon qu'il enchante ,
Mollement balancé , jette un parfum divin.
      Autour de sa blanche corolle
      S'arrondit un rayon d'azur ,
      Et cette brillante auréole
      Le défend de l'insecte impur.

Dans cette fleur , orgueil de la vallée ,
L'œil du cœur reconnaît le beau lis de Sion ,
    Il voit la Vierge immaculée
En qui jamais Satan n'infiltra son poison.
      Jamais son souffle délétère
      Ne ternit sa blanche couleur ,
      Seule elle parut sur la terre
      Pure aux yeux de son Créateur.

Sur cette terre où tout pleure , ô Marie !
Comme ce lis béni tu passas quelques jours ,
    Ton âme à Dieu toujours unie
Fut au sein de nos morts pure et belle toujours.
      A toi ce privilége unique
      Etait dû , Vierge d'Israël ,
      Toi que Dieu créa , fleur mystique ,
      Pour embaumer les champs du ciel.

L'ÉTOILE.

Les soupirs de l'âme exilée
Sont montés jusqu'à l'Eternel :
La paix descend enfin du ciel,
La paix, si longtemps appelée !

REFRAIN.

Pour nous quel bonheur en ce jour !
A le chanter que tout s'apprête :
De notre Reine c'est la fête,
Portons-lui nos tributs d'allégresse et d'amour. *bis.*

Jessé de sa tige immortelle
Voit naître la plus belle fleur ;
Jacob, du fond de sa douleur,
Sourit à l'astre qu'il appelle.
Pour nous quel bonheur en ce jour ! etc.

Voyez-vous cette blanche étoile
Scintiller aux voûtes des cieux ?
Devant ses rayons glorieux
La nuit a replié son voile.
Pour nous quel bonheur en ce jour ! etc.

Salut, Marie, à ta présence
La terre a repris sa fraîcheur;
Et l'homme a senti dans son cœur
Percer un rayon d'espérance.
Pour nous quel bonheur en ce jour! etc.

En toi déjà l'Ange devine
Celle qui doit régner au ciel,
Et quittant le dôme éternel,
Sur ton riant berceau s'incline.
Pour nous quel bonheur en ce jour! etc.

Et l'homme aussi déjà t'honore,
Dans ton berceau, céleste enfant;
Car en toi du soleil vivant
Il a déjà connu l'aurore.
Pour nous quel bonheur en ce jour! etc.

Au sein des mers, quand le ciel gronde,
Invoque-la, pieux marin:
Sur cette étoile du matin
Que toujours ton espoir se fonde.
Pour nous quel bonheur en ce jour! etc.

C'est elle qui fait l'espérance,
L'amour, la foi des matelots;
Car c'est pour eux que sur les flots
Cet astre des mers se balance.

4

Pour nous quel bonheur en ce jour !
A le chanter que tout s'apprête :
De notre Reine c'est la fête,
Portons-lui nos tributs d'allégresse et d'amour. *bis.*

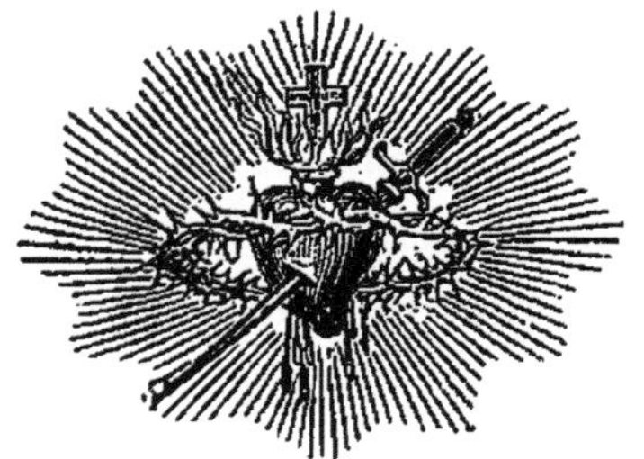

LE TEMPLE.

PRÉSENTATION DE MARIE.

Où va cette Vierge au blanc voile ?
Sur elle un vieillard a les yeux ;
Sur son front scintille une étoile,
Sœur des Anges va-t-elle aux cieux ?
Dans sa démarche, oh ! voyez, qu'elle est belle !
On croirait voir la fille du grand Roi....
On te connaît, Vierge immortelle,
Tu voles où le ciel t'appelle,
Enfant de Joachim, c'est toi.

C'est toi, Vierge de l'espérance,
Tu montes au temple divin,
Tu voles, ton cœur te devance ;
Tu n'es pourtant qu'à ton matin.
Pourquoi sitôt aux regards de ta mère
Te derober ? L'amour te le défend ;
Et qu'as-tu donc vu sur la terre
Qui déjà puisse te déplaire ?
Oh ! dis-le-nous, céleste enfant !

Dans mon âme une voix secrète
A fait passer des mots si doux !...
Je les comprends, rien ne m'arrête,
Je vais à mon céleste époux.
Ah ! si vers moi vous l'aviez vu sourire,
Comme je fais vous languiriez d'amour :
Heureux jour que mon cœur désire,
Lève-toi ! que je puisse dire :
Je suis à mon Dieu sans retour.

L'entendez-vous ? pourtant sa vie
Ne compte encor que trois printemps :
Et déjà, par l'amour ravie,
Elle offre à Dieu ses premiers ans.
Par l'Eternel déjà son âme instruite
A vu les maux que l'orgueil nous a faits :
Méprisant la terre maudite,
Cette colombe a pris la fuite
Dans l'arche où l'âme boit la paix.

Devant le pontife inclinée,
Elle s'est vouée à son Dieu ;
A sa mère, là prosternée,
D'un regard elle a dit adieu.
Là désormais l'amour et la prière
Sous l'œil de Dieu vont occuper son cœur,
En attendant que sur la terre
Le ciel, oubliant sa colère,
Fasse descendre le bonheur.

L'ANGE.

ANNONCIATION.

Le jour naissait, la voix de la nature
Invitait l'homme à bénir son auteur ;
A Nazareth, dans sa retraite obscure,
A l'Eternel Marie ouvrait son cœur :
  « Dieu d'Abraham, Dieu de nos pères,
  Jette un regard sur nos misères,
Sur tes enfants daigne t'apitoyer ;
  Ouvre tes cieux, que la rosée
  Tombe sur la terre embrasée,
Daigne envoyer celui que tu dois envoyer. »

Elle priait, quand soudain autour d'elle
Des rayons d'or viennent frapper ses yeux ;
Un bruit léger comme un battement d'aile
Surprend son âme à moitié dans les cieux.
  Quittant la céleste colline,
  Devant elle un Ange s'incline ;
Il la contemple et tombe à ses genoux :
  Salut, dit-il, pleine de grâce,
  Votre beauté que rien n'efface
A charmé le Très-Haut qui vit et règne en vous.

4.

D'un saint effroi l'humble Vierge est saisie,
Dans sa main pure elle a caché son front :
Elle craint tant pour sa vertu chérie,
Qu'une louange est pour elle un affront.
    Alors Gabriel devant elle
    Déployant l'azur de son aile,
En se nommant dissipe tout effroi :
    Ne craignez point, Vierge bénie,
    Le ciel, dit-il, vous a choisie,
Il veut faire de vous la Mère de son Roi.

Me choisir! moi?... je ne puis être mère ;
Puis en silence elle écoute son cœur....
Tout est possible au Maître du tonnerre,
Vierge, parlez, hâtez notre bonheur.
    Voyez, la terre au ciel unie
    Sur vous tient ses regards, Marie,
Dites ce mot qui doit nous sauver tous.
    Enfants d'Adam, prêtez l'oreille,
    Que l'espoir en vous se réveille :
La nouvelle Eve parle... ah! réjouissez-vous.

« Qu'il me soit fait selon votre parole. »
L'esprit de vie entre alors dans son sein.
L'Ange aussitôt joyeux au ciel revole
Porter sa joie au cœur du séraphin.
    Gloire à l'Eternel qui pardonne !
    L'homme a recouvré sa couronne,

Sa part du ciel il peut la conquérir :
Amour à la Vierge immortelle !
Qui par le Fils qui naîtra d'elle
Dans les cieux avec lui nous fera parvenir.

LA CHARITÉ.

VISITATION.

Dans sa démarche ravissante
Où va la Vierge d'Israël ?
A-t-elle ouï la voix pressante
D'un nouveau messager du ciel ?
Voyez comme sur la colline
Son front pur brave les frimas :
Vers Elisabeth sa cousine
La charité guide ses pas.

Dans la maison de Zacharie
A peine la Vierge paraît,
Qu'Elisabeth a dit : Marie !!
Et dans son sein Jean tressaillait.
« Je vous salue, heureuse Mère,
Arche vivante du Seigneur ,
En vous s'accomplit le mystère
Qui prépare au monde un Sauveur. »

A cette voix l'humble Marie
Répond, l'œil fixé vers le ciel :
« Mon âme exalte et glorifie
Le Dieu saint, le Dieu d'Israël ;
Sur sa servante et sa misère
Il a daigné baisser les yeux,
Et voilà que toute la terre
Bénira mon nom glorieux.

Lui seul possède la puissance,
Il remplit de biens l'indigent,
Il montre à l'humble sa clémence,
Il abat l'orgueil du puissant.
Il se souvient de sa parole
Donnée aux enfants d'Israël.
Gloire à Dieu seul qui nous console
En nous ouvrant à tous le ciel. »

Et voilà comment aux louanges
Marie a toujours répondu :
Dans ses prétentions étranges
L'orgueil est par là confondu.
Mais non moins bonne que modeste,
Elle veut envers le prochain
Exercer la vertu céleste
Qui vit incarnée en son sein.

Voyez-là près de sa parente
Trois mois cachée à tous les yeux,
Elle se fait humble servante,
Elle, Mère du Roi des cieux !

Demandons à Dieu par Marie
Cette vertu, ce pur amour,
Qui fait sentir dès cette vie
Ce que l'on goûte au haut séjour.

LA SAINTE CHAPELLE.

Sur le versant de la colline,
Aux bords fleuris de ce ruisseau,
Voyez-vous ce toit qui s'incline,
Et semble se mirer dans l'eau?
  A la croix qui le domine
Le cœur devine la maison
    De la Madone
    Pour tous si bonne,
Alors qu'on invoque son nom :
    De la Madone
    Pour tous si bonne,
Lorsqu'on invoque son nom :
    La Madone
    Toute bonne
    Qui nous donne
Le doux espoir du pardon.
    La Madone
    Toute bonne
    Qui nous donne
Le doux espoir du pardon.

Là dans cet humble sanctuaire
Marie à tous ouvre son cœur :
Là l'orphelin trouve une Mère ,
La veuve un regard protecteur.
　Vous qui pleurez sur la terre ,
Venez prier à la maison
　　De la Madone, etc.

Là sa bonté toute-puissante
Soulage tous les maux divers :
Voyez , voyez, âme souffrante,
D'ex-voto les murs sont couverts.
　Pour voir remplir votre attente ,
Venez prier à la maison
　　De la Madone , etc.

Pieux marin , au sanctuaire
Quel sujet, dis-nous, te conduit ? —
J'allais périr, à notre Mère
Je tends les bras, l'orage fuit.
　Heureux de voir la lumière ,
Je viens prier à la maison
　　De la Madone , etc.

Toi, que viens-tu dire à Marie ,
Jeune fille au vêtement bleu ? —
Par la douleur, hélas! flétrie ,
J'allais mourir, je fis un vœu....

Bientôt je me vis guérie.
Je viens prier à la maison
De la Madone
Pour tous si bonne
Alors qu'on invoque son nom ;
De la Madone
Pour tous si bonne
Lorsqu'on invoque son nom.
La Madone
Toute bonne
Qui nous donne
Le doux espoir du pardon.
La Madone
Toute bonne
Qui nous donne
Le doux espoir du pardon.

LA VIERGE-MÈRE.

Tout gémissait dans la nuit de l'erreur,
Satan régnait sur la nature entière,
Tout l'univers appelait un Sauveur,
Lorsque le ciel s'ouvre aux vœux de la terre.

Terre, cesse enfin tes soupirs,
Ta voix là-haut s'est fait entendre :
Ton Dieu se rend à tes désirs,
Pour toi des cieux il va descendre.

Prêtons l'oreille.... un chant mélodieux
Du Dieu fait homme annonce le mystère :
L'Ange a chanté : Gloire à Dieu dans les cieux,
Paix et bonheur à l'homme sur la terre.
　　Terre, cesse, etc.

Ah ! du bonheur mortel déshérité,
Sèche tes pleurs ; captif, espère encore :
Marie au monde apporte la clarté
Du vrai soleil dont elle fut l'aurore.
　　Terre, cesse , etc.

Jésus paraît, quel palais assez beau
Pour accueillir cet Enfant tout aimable?
Ciel! d'une crèche il se fait un berceau!
Pour son palais il choisit une étable!
    Terre, cesse, etc.

Je vois mon Roi dans cet Enfant d'un jour,
Dans son berceau la foi me montre un trône,
Dans les bergers les hommes de sa cour,
Dans ses haillons sa pourpre et sa couronne.
    Terre, cesse, etc.

Sur notre terre, où tout n'est que douleurs,
Pourquoi descendre, ô divine Sagesse? —
Du fol orgueil qui fit tous nos malheurs
Pour nous guérir le Dieu Très-Haut s'abaisse.
    Terre, cesse, etc.

A vous, Marie, ô Mère des vertus!
A vous est dû le bonheur de la terre:
En adorant le saint Nom de Jésus,
On bénira le doux Nom de sa Mère.

    Terre, cesse enfin tes soupirs,
    Ta voix là-haut s'est fait entendre,
    Ton Dieu se rend à tes désirs,
    De son ciel il vient de descendre.

VEILLE SUR LUI.

UNE MÈRE A MARIE.

Toi dont le cœur de mère
S'ouvre à tout cœur souffrant,
Ecoute ma prière,
Elle est pour mon enfant.
Sous l'œil de ma tendresse
Il grandit pour son roi,
Il part, je te l'adresse,
Vierge, remplace-moi.
   Bonne Marie,
   Mère chérie,
Sois partout son appui ;
   Vierge bénie,
   Je t'en supplie,
Veille, veille sur lui !!

Couvert de ta livrée
Il marche au champ d'honneur ;
Ton nom, Vierge sacrée,
Est gravé sur son cœur.

Si jamais pour la France
Il combat sous tes yeux,
Soutiens son espérance
En lui montrant les cieux.
   Bonne Marie , etc.

Au vice qui torture
Ferme son jeune cœur ;
D'une âme toujours pure
Qu'il sente le bonheur.
Des lauriers de la gloire
Si Dieu le couvre un jour ,
Daigne , après la victoire ,
Le rendre à mon amour.

   Bonne Marie ,
    Mère chérie ,
Sois partout son appui ;
   Vierge bénie ,
   Je t'en supplie ,
Veille, veille sur lui !!

EMMANUEL.

Entendez-vous l'hymne des Anges ?
Voici le moment fortuné :
A leurs voix mêlons nos louanges ,
Chantons , un Sauveur nous est né !

Gloire à Dieu , paix à l'homme , a dit la voix des
[Anges...
La terre s'est émue , et les cieux ont souri ;
    Impatient de ces louanges ,   } *bis.*
    Satan dans l'abîme a frémi.
    Entendez-vous , etc.

Oui, gloire au Tout-Puissant, gloire au Dieu de clé-
[mence ,
Qui vient prendre sur lui nos douleurs d'ici-bas :
    Le ciel s'ouvre à notre espérance ,
    L'abîme est fermé sous nos pas.
    Entendez-vous , etc.

Elle a brillé sur nous cette étoile bénie
Que Jacob appelait du fond de sa douleur ;
  Jessé de sa tige flétrie
  Voit sortir la plus belle fleur.
  Entendez-vous , etc.

Dieu pour mieux nous gagner s'est fait notre sem-
           [blable ;
Adorons l'Eternel dans cet Enfant d'un jour ;
  Sous ces langes , dans cette étable
  Il n'est plus Dieu que par l'amour.
  Entendez-vous , etc.

Appelés à la crèche où l'Enfant-Dieu soupire,
Des bergers les premiers adorent le Sauveur :
  Il veut par là déjà nous dire
  Que l'humble est plus près de son cœur.
  Entendez-vous , etc.

Adorons avec eux dans les bras de sa Mère
Ce Dieu qui de ses doigts peignit le firmament;
  Dans ses mains l'orbe de la terre
  N'est pour lui qu'un jouet d'enfant.
  Entendez-vous , etc.

Qu'il est beau notre Dieu sous les traits de l'enfance !
Comment ne pas aimer cet aimable vainqueur?
  S'il voile à nos yeux sa puissance,
  C'est pour mieux gagner notre cœur.

Entendez-vous l'hymne des Anges?
Voici le moment fortuné :
A leurs voix mêlons nos louanges,
Chantons, un Sauveur nous est né !

LE VIEILLARD ET LE GLAIVE.

PURIFICATION.

Que vois-je dans le temple? Une mère en silence,
Deux tourtereaux en main, reste au premier parvis :
Elle attend que le prêtre auprès d'elle s'avance,
    Et reçoive son fils.

Montez, que craignez-vous? pénétrez dans l'en-
                           [ceinte,
On vous connaît, Marie, on connaît votre Enfant :
Vous êtes d'Israël la nouvelle arche sainte,
    Et lui, le Dieu vivant.

C'est vous qu'on purifie, ô Vierge toujours pure !
C'est votre Fils qui s'offre à l'autel du Seigneur?
Il se fait racheter ! lui, Roi de la nature,
    Lui, notre Rédempteur !

Elle portait l'offrande aux pieds du sanctuaire,
Quand se lève un vieillard qui priait au saint lieu :
A peine il voit Jésus aux bras de l'humble Mère,
    Qu'il reconnaît son Dieu.

5..

Siméon dans ses bras prend l'Enfant et s'écrie :
Maintenant dans la paix, Seigneur, je puis mourir ;
Mes yeux ont vu ton Christ, la lumière et la vie
    Des peuples à venir.

Puis jetant sur la Mère un regard prophétique :
Je vois levé sur vous le glaive des douleurs ;
Ah! dans tout votre exil combien ce Fils unique
    Vous coûtera de pleurs !!

Et dès ce jour ce glaive a transpercé Marie,
Pour son âme ici-bas plus de moments heureux :
Les tourments de son Fils, sa cruelle agonie,
    Sont là devant ses yeux.

Quand Jésus au berceau va fermer la paupière,
Sa Mère sur la croix le voit déjà mourant ;
Le bras qu'à son réveil il étend vers sa Mère,
    Elle le voit sanglant.

Ce front qu'elle caresse, elle y voit des épines ;
Ce cœur s'ouvre à ses yeux percé d'un fer mortel ;
Sa lèvre se collant à ses lèvres divines,
    Y sent couler du fiel.

Si ton cœur n'est brisé, c'est qu'à tes yeux, Marie,
Ton lait pur se transforme en ce sang précieux
Qui, versé sur la croix, en nous donnant la vie,
    Nous marquait pour les cieux.

Et ses jours couleront dans cette vie amère,
Elle en qui le péché ne se trouva jamais !
Pécheur, souffre, sois humble, et tu suivras ta Mère
    Au séjour de la paix.

LE CALVAIRE.

Près de la croix où Dieu son fils expire,
Vous qui passez, voyez Marie en pleurs ;
Arrêtez-vous , et sondez son martyre ,
Est-il douleur égale à ses douleurs ?
    Sous ses yeux on traîne au Calvaire
    Jésus, son soutien, son appui :
    Elle voudrait la Vierge-Mère
    Sur ce bois mourir avec lui.

Oui, qu'Isaac de la main de son père
Meure, on comprend un tel ordre du ciel ;
Mais Dieu l'eût-il exigé d'une mère ?
Non , dit la voix de l'amour maternel.
    Et pourtant au lieu du supplice
    La Vierge marche avec son Fils ;
    Elle assiste à son sacrifice ,
    Et c'est pour nous qu'en est le prix.

La croix s'élève, et la tourbe en délire
Vers la victime exhale sa fureur :
« Sur la nature il avait tant d'empire !
Qu'il se détache et qu'il soit son Sauveur. »

Et Marie entend ce blasphème,
C'est sur Jésus qu'on le vomit,
Jésus, Fils de Dieu, Dieu lui-même,
Jésus à qui l'Ange obéit !

Le doux Sauveur de sa bouche divine
Laisse tomber ces mots : Pardonnez-leur ;
Et vers la terre aussitôt il s'incline,
Il meurt... Sa Mère alors, dans sa douleur :
  O mon Fils ! qu'est pour moi la vie
  Si, loin de toi, je dois languir ?
  De cet exil, je t'en supplie,
  Rappelle-moi, je veux mourir !

Rien ne répond à sa voix, pauvre Mère !
Son Fils lui-même est sourd à ses désirs :
Le ciel se ferme, hélas ! et sur la terre
Nul cœur ami ne s'ouvre à ses soupirs.
  Mais Dieu veut qu'elle vive encore
  Pour consoler et pour souffrir ;
  Et son œil au Fils qu'elle adore
  Dit qu'elle ne veut plus mourir.

Elle vivra, sa vie est nécessaire
Pour soutenir ses enfants aux combats ;
Elle attendra que l'amour vienne faire
Ce qu'en ce jour la douleur ne peut pas.
  Aimer, prier fera sa vie,
  Consoler fera son bonheur,
  Attendant que dans la patrie
  Elle fonde en Jésus son cœur.

A son exemple, au sein de la souffrance,
Laissons à Dieu le soin de nous guérir ;
Vivons pour lui, souffrons pleins d'espérance,
Puisque pour nous il a voulu mourir.
  Avec vous, Mère désolée,
  Nous viendrons auprès de la croix,
  Notre âme sera consolée
  Dès qu'elle entendra votre voix.

CONSOLE-MOI.

Vierge que j'ai vue au Calvaire
Sous l'œil de ton Fils expirant
Demander au ciel, à la terre
Un regard, un mot consolant,
Reine des martyrs, ô Marie !
Accablé du poids de la vie,
Pour vivre encor je viens à toi :
Du cœur humain consolatrice,
Sur moi jette un regard propice,
Console-moi, console-moi !

Vois combien sur ma vie amère
Le ciel fait peser de malheurs ;
Nul être ici-bas, ô ma Mère !
Qui m'aide à porter mes douleurs.
Dans le chagrin qui me dévore,
Je pleure en secret, je t'implore,
Ah ! daigne répondre à ma foi !
Vierge, brisé par la souffrance,
Mon cœur repousse l'existence :
Console-moi, console-moi !

Je sais qu'ici-bas l'âme humaine
Dans son passage doit souffrir ;
Mais n'as-tu pas à chaque peine
Un baume qui peut l'adoucir ?
Du ciel oubliant la sentence,
Sous le pressoir de la souffrance
J'ai murmuré contre sa loi :
Marie, apaise sa colère ;
S'il est mon juge, il est mon père :
Console-moi, console-moi !

Heureux le mortel dont la vie
N'offre aucun amer souvenir !
Mon âme, aux remords asservie,
Tremble devant son avenir.
J'ai vu l'ange des noirs abîmes
Sourire à l'aspect de mes crimes,
Ah ! viens dissiper mon effroi !
Dans mon cœur s'éteint l'espérance,
Déjà pour moi l'enfer commence :
Console-moi, console-moi !

Si quelque autre a plus de tendresse,
S'il sait mieux que toi consoler,
A qui veux-tu que je m'adresse,
Parle, Marie, où dois-je aller ?
Mais seule tu peux à mon âme
Rendre la paix que je réclame,

Car ta prière au ciel fait loi :
Montre en ce jour que ta clémence
Egale pour moi ta puissance :
Console-moi, console-moi !

LA JOIE.

RÉSURRECTION.

Déjà naissait le jour si beau ,
Jour que Dieu fit sien pour sa gloire ,
Où Jésus , vainqueur du tombeau ,
Sur l'enfer marquait sa victoire.
Pleurant le fils de son amour ,
Dans sa demeure solitaire ,
Pleine d'espoir en sa prière ,
Marie attendait son retour.
Un Ange s'offre à sa vue éblouie....
C'était Jésus... mon Fils ! a dit Marie.

C'est lui , de son corps glorieux
Jaillit un torrent de lumière ;
Marie est déjà dans les cieux
En s'entendant nommer ma Mère !
Vierge , dit-il , séchez vos pleurs ,
Voyez , la terre est ranimée ,
Levez-vous , Mère bien-aimée ,
Venez , couronnez-vous de fleurs.
L'hiver a fui , chantez la délivrance ,
Pour votre cœur il n'est plus de souffrance.

Devant son Fils , soleil vivant,
Marie en extase est muette ;
Son œil le voit, son cœur le sent,
Qu'a-t-elle besoin d'interprète?
Son cœur est passé dans son cœur,
Son âme est toute dans son âme,
Et son œil d'un regard de flamme
Dit à son Dieu tout son bonheur.
Ainsi dès lors le ciel , ô Vierge-Mère !
Devait payer vos douleurs du Calvaire.

Ce que Marie a pu sentir ,
Seule elle pourrait nous le dire ;
Car seule elle a pu sans mourir
Souffrir un aussi long martyre.
Mais son bonheur, si grand, si doux,
Nous pouvons l'augmenter encore,
Si du tombeau qui nous dévore
Avec Jésus nous sortons tous.
En ce beau jour, sous l'œil de notre Mère ,
De ce tombeau levons , brisons la pierre.

Avec Jésus quand tout revit,
Vous-même en nous, Vierge puissante,
Du péché qui nous asservit
Brisez la chaîne trop pesante.
Plus dignes de ce Dieu d'amour,
Nous chanterons mieux sa victoire,
En attendant que dans sa gloire
Notre âme au ciel le suive un jour :
Mais c'est sur vous, c'est sur votre puissance
Que notre cœur fonde son espérance.

MORT DE MARIE.

« Mon Dieu, mon Dieu! seule ici-bas,
Mon âme implore le trépas ;
Prenez pitié de son veuvage,
Abrégez son pèlerinage ;
Je meurs d'amour, rappelez-moi.
Rome a reçu votre Evangile,
Déjà partout brille la foi ;
Voyez, je ne suis plus utile,
De mon exil rappelez-moi. »

Ainsi priait Marie un jour,
Quand de la part du Dieu d'amour
Gabriel lui dit : « O Marie !
Dieu vous ouvre enfin la patrie,
Il vous appelle à ses faveurs :
Assez longtemps sur cette terre
Vous avez gémi dans les pleurs ;
Consolez-vous, plus de misère,
Dieu vous appelle à ses faveurs. »

L'Ange étendant ses ailes d'or,
S'incline et reprend son essor
Vers le ciel qu'il montre à Marie,
Et la Vierge aussitôt s'écrie :
Mourons, mourons pour vivre aux cieux !
Mais avant de quitter la terre,
Elle veut revoir les saints lieux,
Le noir Cédron et ce Calvaire
D'où Jésus lui fit ses adieux (*).

Jérusalem, réjouis-toi,
Voici la Mère de ton Roi,
La Vierge, nouvelle arche sainte,
Elle revient dans ton enceinte
Pour mourir où mourut son Fils :
Autour de leur Mère expirante
Je vois ses enfants attendris,
Les yeux sur sa lèvre mourante
Recueillir ses derniers avis.

« Jésus, au céleste séjour,
Chers enfants, m'appelle en ce jour ;
Je pars, je vais quitter la vie,
Pour m'envoler vers la patrie :

(*) D'après le sentiment le plus généralement suivi, ce fut à Jérusalem que mourut la Mère de Dieu. Ayant appris à Ephèse, par l'Ange de l'annonciation, la fin de son exil, elle se rendit avec saint Jean à Jérusalem, dans la maison d'une autre Marie, mère de saint Marc. Saint Denis l'Aréopagite, présent aux adieux solennels de la Vierge-Mère, en raconta les détails à saint Jean de Damas qui nous les a fidèlement transmis.

Ah! point de pleurs, consolez-vous.
Travaillez encor sur la terre,
La palme au ciel vous attend tous ;
Je serai toujours votre Mère,
Ah! point de pleurs, consolez-vous. »

Disant ces mots, elle sourit,
De sa main pure les bénit,
Et vers le ciel, dans ce sourire,
Fixant ses regards, elle expire....
L'amour a couronné ses vœux.
Et les disciples en prière,
Voyant déjà Marie aux cieux,
Dès ce jour invoquent leur Mère.
Comme eux adressons-lui nos vœux.

ASSOMPTION.

Ciel, ouvre-toi, voici ta Reine !
Belle de grâce et de vertu,
Elle s'élève en Souveraine,
Foulant aux pieds Satan vaincu.
Et tandis que, dans sa furie,
Satan mugit dans les enfers,
Les Anges chantent dans les airs :
Amour, honneur, gloire à Marie !

Pareille à l'aurore naissante,
Elle s'avance avec splendeur,
Et de sa couronne brillante
S'épand une suave odeur.
Vers vous, phare de notre vie,
Par votre éclat guidez nos cœurs ;
Réunis aux célestes chœurs,
Nous chanterons : Gloire à Marie !

Fuyant l'éclat, sur cette terre
Elle vécut dans la douleur,
Dieu ne sembla la rendre mère
Que pour briser son tendre cœur.
Mais en ce jour aux cieux ravie,
Assise auprès du Dieu d'amour,
Elle entend la céleste cour
Chanter : Honneur, gloire à Marie.

Régnant aux cieux, mais toujours mère,
Elle pense aux mortels souffrants ;
Car elle sait que sur la terre
Son cœur a laissé des enfants.
Sur vos enfants, Mère chérie,
Ah ! daignez veiller chaque jour ;
Vivant d'espérance et d'amour,
Nous chanterons : Gloire à Marie !

LE TRIOMPHE.

Sur un nuage d'or par les Anges ravie,
Marie au ciel montait dans des flots d'harmonie ;
Aux chants du peuple élu, plus heureux en ce jour,
La terre avec transport mêlait ses chants d'amour.

Du désert de la vie
Oubliant les douleurs,
Fais qu'après toi, Marie,
Aux parfums de tes fleurs,
Volent, volent nos cœurs,
Fais qu'après toi, Marie,
Volent, volent nos cœurs.

Quel ravissant spectacle à ma foi se présente !
Belle de ses vertus, de la mort triomphante,
La Vierge de Juda monte vers l'Éternel,
Comme aux jours de prière un encens solennel.
Du désert, etc.

6

Le Dieu né de son sang, à son beau choix fidèle,
Marqua du sceau divin sa poussière mortelle,
Et voulut que son corps aussi pur que son cœur
Eût part à son triomphe ainsi qu'à son bonheur.
      Du désert, etc.

De douze étoiles d'or son front pur se couronne,
Comme d'un vêtement le soleil l'environne,
Et la lune à ses pieds d'un modeste rayou
Révèle sa puissance écrasant le dragon.
      Du désert, etc.

La Vierge au haut des airs s'élève en Souveraine,
Le ciel entier descend pour accueillir sa Reine :
Les vierges, les martyrs, quittant les saints parvis,
Font briller devant elle et leur palme et leur lis.
      Du désert, etc.

Le ciel s'ouvre... Marie entre au sein de la gloire ;
Les Anges sur l'enfer proclament sa victoire :
Gloire à toi, disent-ils, Epouse du grand Roi !
L'écho des cieux répond : Gloire à toi, gloire à toi !
      Du désert, etc.

Va, du Dieu trois fois saint toi fille, épouse et mère,
Va commencer ton règne au ciel et sur la terre ;
Assise sur ton trône à côté de Jésus,
Jouis, nouvelle Esther, du fruit de tes vertus.
      Du désert, etc.

La seconde après Dieu!... telle est au ciel Marie,
Elle, toujours cachée au désert de la vie:
Du sein de la poussière ainsi le diamant
Va sur le front des rois briller en ornement.
       Du désert, etc.

Auprès de l'Eternel nous avons une Mère!
Nous ne sommes donc plus orphelins sur la terre :
Que tout soit voix en nous, que tout en nous soit
Pour dire cette joie et sentir ce bonheur.   [cœur,
       Du désert, etc.

Amour, respect, honneur à la Vierge immortelle!
A la Reine des cœurs gloire, gloire éternelle!
Du fond du val terrestre aux collines des cieux
Que tout chante Marie et son Nom glorieux!
       Du désert, etc.

Sur la terre d'exil, à nos chants d'allégresse
Souvent, hélas! se mêle un accent de tristesse :
Vierge, à travers les voix des brûlants Séraphins,
Arrivent à ton cœur les soupirs des humains.
       Du désert, etc.

Ecoute-les, Marie, et sur l'aile des Anges
Fais monter jusqu'à Dieu nos timides louanges :
Tu sais des exilés les besoins et les vœux,
Toi, Mère, qui souffris, toi qui pleuras comme eux.

Du désert de la vie
Oubliant les douleurs,
Fais qu'après toi, Marie,
Aux parfums de tes fleurs,
Volent, volent nos cœurs,
Fais qu'après toi, Marie,
Volent, volent nos cœurs !

PRIEZ POUR NOUS.

Priez pour nous, tandis qu'au ciel, Marie,
De votre Fils partageant le bonheur,
Vous souriez à la douce harmonie
Qui de vos noms exalte la grandeur ;
Des cris plaintifs s'élèvent de la terre,
Nouvelle Esther, ils s'adressent à vous :
A votre Epoux montrez notre misère,
    Priez pour nous !

Priez pour nous, ô Reine toute bonne,
Dans votre cœur vous qui portez nos cœurs ;
A votre amour notre foi s'abandonne,
Accueillez-nous, Refuge des pécheurs :
De Dieu sur nous va peser la vengeance.
Ah ! s'il est vrai qu'il veut nous sauver tous,
Sur nos erreurs appelez sa clémence,
    Priez pour nous !

Priez pour nous, vous êtes notre Mère,
Au ciel là-haut vous avez tout pouvoir :
Laisseriez-vous vos enfants de la terre
Souffrir, hélas ! et souffrir sans espoir ?

6.

Ah ! vous savez combien de fois nos âmes
Ont murmuré votre *Souvenez-vous ;*
Vierge bénie entre toutes les femmes,
    Priez pour nous !

Priez pour nous : quelle guerre cruelle
Dans notre cœur se livrent nos désirs !
A la vertu si l'esprit nous rappelle,
La chair, hélas ! nous entraîne aux plaisirs.
Et l'âme ainsi doit traverser la vie !
Comment dompter des penchants aussi doux ?
Nous le pourrons, ô puissante Marie !
    Priez pour nous !

Priez pour nous, lorsque des noirs abîmes
Satan viendra sur nos lits de douleur
A nos regards porter, grossir nos crimes,
Pour nous jeter le désespoir au cœur ;
Marie, alors parlez-nous d'espérance,
Assurez-nous qu'aux yeux de votre Epoux
Le repentir égale l'innocence,
    Priez pour nous !

LA JEUNE MOURANTE.

Sous le vent de l'automne
Déjà tout succombait,
Des forêts la couronne
Feuille à feuille tombait.
Mon cœur flétri, Marie,
Séchait comme les fleurs,
Je sentais fuir ma vie
Au souffle des douleurs :
Quand du sein d'un nuage
M'apparut ton image
Comme un phare sur l'eau...
Merci, ma Mère, oh !
Que mon réveil fut beau!

Je souffrais bien, ma Mère,
Oh! que mon cœur souffrait !
Mon œil à la lumière
Avec peine s'ouvrait.
Mes sœurs près de ma couche,
Me cachant leur soupir,
Se disaient bouche à bouche :

Quoi ! si jeune mourir !
Je m'éteignais, Marie,
Et ta main de ma vie
Ralluma le flambeau....
Merci, ma Mère, oh !
Que mon réveil fut beau !

« Tu n'es qu'à ton aurore,
« Tu repousses la mort,
« Pauvre enfant, vis encore,
« Je ferai beau ton sort. »
A ta voix rassurante,
Tout en moi tressaillit,
Ma paupière mourante
Sous ton baiser s'ouvrit.
La coupe de la vie
S'offrit à moi remplie
Comme aux jours du berceau....
Merci, ma Mère, oh !
Que mon réveil fut beau !

Cette coupe, ô ma Mère !
Dont tu me fais présent,
On la dit bien amère
Quand on n'est plus enfant.
La lie au fond repose,
Ah ! je crains, brise-la....
Et ta lèvre de rose
Sur le bord se colla.

Je te compris, Marie,
Au banquet de la vie
Je m'assis de nouveau....
Merci, ma Mère, oh !
Que mon réveil fut beau !
Je vis, c'est pour te plaire,
Pour t'aimer, te bénir,
Ton sourire de mère
Dore mon sourire.
Heureuse tourterelle,
Loin des yeux du vautour,
Mon âme sous ton aile
Dort calme en ton amour.
De ce sommeil paisible
Que je passe insensible
Au sommeil du tombeau.
Par toi, ma Mère, oh !
Mon réveil sera beau.

LE DÉPART.

AUX ENFANTS DE MARIE.

Adieu, retraite, où mon âme
Goûta six ans le bonheur ;
Au monde qui me réclame
Je me rends ; garde mon cœur.
Le travail et la prière
M'ont fait là de si beaux jours !
Ainsi de ma vie entière
Je veux poursuivre le cours,
Afin d'être heureux toujours. } *bis.*

Dans un monde où tout est piége,
Hélas ! j'entre avec effroi ;
Mais si le ciel me protége,
Que peut l'enfer contre moi ?
Toi qui te montras ma mère
Dans ce paisible séjour,
Au loin comme au sanctuaire,
O Mère du bel amour !
Veille sur moi chaque jour. } *bis.*

Tu le sais, Vierge bénie,
Je fus heureux en t'aimant,
De t'aimer toute ma vie
A tes pieds je fis serment.
Si jamais, lâche et parjure,
Au vice j'ouvrais mon cœur,
Sur moi dès lors, Vierge pure,
Tourne ton regard vainqueur, } *bis.*
Doux refuge du pécheur.

Mais plutôt viens quand l'orage
Sur ma tête grondera ;
D'un mot soutiens mon courage,
Et mon cœur triomphera.
Abrite-moi sous ton aile,
Réchauffe-moi sur ton sein,
Vers la patrie éternelle
Daigne éclairer mon chemin, } *bis.*
Blanche étoile du matin.

L'ANGE GARDIEN.

A LA CONGRÉGATION DES SS. ANGES.

Céleste ami qui veilles sur ma vie,
Je vais du monde essayer les combats :
Sur une mer de tant d'écueils remplie,
Ange de Dieu, guide mes premiers pas.

Frère de mon âme,
Ange protecteur,
De ton œil de flamme,
Au regard vainqueur
Veille sur ta sœur,
De ton œil de flamme
Veille sur ta sœur.

Partout de fleurs, vois, ma route est semée !
Mais sous ces fleurs que de piéges tendus !
A leurs parfums tiens mon âme fermée,
Car leur vapeur étouffe les vertus.
Frère de mon âme, etc.

Déjà du siècle à ma vue éblouie
Brille la coupe aux bords couverts de fleurs ;
D'amers poisons tu sais qu'elle est remplie,
Ange, dis-moi que j'y boirais des pleurs.
      Frère de mon âme, etc.

Tu sais aussi qu'en Ange de lumière
Satan changé trompe le cœur humain :
Sous les doux noms d'ami, de sœur, de frère,
Que de satans placés sur mon chemin !
      Frère de mon âme, etc.

Tu les connais : de leur lèvre hypocrite
Ils font couler des paroles de miel ;
Comme l'aspic fais que je les évite,
Ils en ont tous et l'astuce et le fiel.
      Frère de mon âme, etc.

Pour réveiller mon désir de connaître,
De leur science ils m'ouvrent les écrits :
Ange, dis-moi, toi qui connais leur maître,
Combien de maux leur doctrine a produits.
      Frère de mon âme, etc.

Flatter le vice ou l'appeler faiblesse,
Salir les cœurs pour y tuer la foi,
Détrôner Dieu dont le regard les blesse :
Tel est leur but, leur morale et leur loi.
      Frère de mon âme, etc.

7

Ils me diront, dans leur attente impie,
Que tout pour nous se termine en ces lieux :
Tu me diras que l'homme est dans sa vie
Un Dieu tombé qui se souvient des cieux.

Frère de mon âme,
Ange protecteur,
De ton œil de flamme,
Au regard vainqueur,
Veille sur ta sœur,
De ton œil de flamme,
Veille sur ta sœur.

SALUTS.

CANTIQUES

AU

TRÈS-SAINT-SACREMENT.

1.

Air 60 : *Du luth à Marie.*

Le Dieu mort pour nous au Calvaire,
Et qui maintenant règne au ciel,
Sans quitter le sein de son Père,
Réside pour nous sur l'autel.
Là, du trône de sa clémence,
Pour relever notre espérance,
Il nous ouvre son divin Cœur :
Cédant à son amour extrême,
Il veut, en se donnant lui-même,
Nous rendre heureux de son bonheur.   (*bis.*)

Dans son état de sacrifices,
Malgré nos froideurs, nos mépris,
Père tendre il fait ses délices
D'être avec ses enfants chéris.
Et si, solitaire, il appelle
L'indifférent ou le rebelle,
C'est pour leur offrir son amour.
Ah! puisque ainsi Jésus s'abaisse,
Sachons répondre à sa tendresse,
Livrons-nous à lui sans retour.   (*bis.*)

II.

Air : *De la sentinelle de Blaye.*

Vous que la foi réunit en ce lieu,
Recueillez-vous, chrétiens, faites silence...
Jésus descend, adorez votre Dieu,
Le Chérubin s'incline à sa présence.
　　Gloire à Jésus sur cet autel,
　　Où son amour l'a fait descendre ;
　　Anathème à l'ingrat mortel
　　Qui n'aime pas un Dieu si tendre !

Pécheurs contrits, que votre repentir
Sur vos erreurs appelle sa clémence :
S'il daigne ici pour vous s'anéantir,
C'est pour ouvrir vos cœurs à l'espérance.
　　Gloire à Jésus, etc.

Heureux qui peut loin d'un monde agité
Couler ses jours auprès du Dieu qu'il aime !
Du peuple élu de l'heureuse cité
Son cœur déjà goûte le bien suprême.
    Gloire à Jésus, etc.

Qui me retient dans cet obscur séjour,
Quand tout m'appelle aux clartés éternelles ?
Pour m'envoler au sein du Dieu d'amour,
Blanche colombe, oh ! prête-moi tes ailes.
    Gloire à Jésus, etc.

III.

Air : *L'ombre de Byron.*

Anges, quittez les célestes portiques,
Sur nos autels descend le Roi des cieux ;
A nos concerts mêlez vos saints cantiques,
De votre amour prêtez-nous les doux feux.
Heureux chrétiens, réunis dans ce temple,
Chantons le Dieu que notre foi contemple.
    Gloire à toi, Dieu rédempteur,
    Pain des forts, divine hostie,
    Gloire à toi, source de vie,
    Par qui nous vient le bonheur !

D'un saint respect remplis à ta présence,
Nous t'adorons, Dieu de paix, Dieu d'amour ;
Verse en nos cœurs les dons de ta clémence,
Nous jurons tous de t'aimer sans retour.
Heureux chrétiens, réunis dans ce temple,
Chantons le Dieu que notre foi contemple.
    Gloire à toi, Dieu rédempteur,
    Pain des forts, divine hostie,
    Gloire à toi, source de vie,
    Par qui nous vient le bonheur.

IV.

Air : *Du Pâtre.*

Dieu ! quel redoutable mystère
Vient de s'opérer sous mes yeux !
Le ciel se trouve sur la terre,
La terre a le bonheur des cieux !
Jésus paraît… mortels, silence…
Il a déjà sondé vos cœurs :
Grand Dieu, j'implore ta clémence,   } *bis.*
Vois tes enfants dans ces pécheurs.   }

Quoique le voile du mystère
Dérobe ici tout à mes sens,
L'œil de la foi me montre un père
Fait là captif pour ses enfants.

Mais pour mieux sentir sa présence,
A son amour ouvrons nos cœurs :
Grand Dieu, j'implore ta clémence,
Vois tes enfants dans ces pécheurs.   } *bis.*

Mais si l'Ange ici de son aile
A voilé son front radieux,
Puis-je, moi, fils ingrat, rebelle,
Me tenir sans crainte en ces lieux ?
Oui, tremblons ; mais à l'espérance,
Chrétiens, livrons aussi nos cœurs :
Grand Dieu, j'implore ta clémence,
Vois tes enfants dans ces pécheurs.   } *bis.*

Ah ! dans le désert de la vie
Où le juste marche en tremblant,
Du pain que l'Ange nous envie
Heureux qui fait son aliment !
Plus fort vers le terme il s'avance,
Pour lui la mort perd ses terreurs :
Grand Dieu, j'implore ta clémence,
Vois tes enfants dans ces pécheurs.   } *bis.*

A toi Jésus, à toi mon âme,
A toi mon cœur et son amour ;
Qu'il vive à jamais de la flamme
Dont je sens qu'il brûle en ce jour.
Cet amour sera ma défense
Au jour de tes justes rigueurs :
Grand Dieu, j'implore ta clémence,
Vois tes enfants dans ces pécheurs.   } *bis.*

V.

BÉNISSEZ-NOUS.

Air : *Je vous bénis.*

Devant l'autel, trône de votre grâce,
Voyez, Seigneur, vos enfants prosternés ;
Dans votre cœur ils réclament leur place,
La foi leur dit qu'ils seront pardonnés.
Au cœur contrit vous avez dit : Espère,
Le repentir désarme mon courroux....
Daignez encor vous montrer notre père,
    Bénissez-nous!

De cet autel, où l'amour vous enchaîne,
Jetez sur nous votre regard vainqueur ;
De nos péchés, Dieu fort, rompez la chaîne,
Qui loin de vous captive notre cœur.
Voyez, brisés par la douleur amère,
Tous à vos pieds nous tombons à genoux :
Daignez encor vous montrer notre père,
    Bénissez-nous !

VI.

Air : *Papillon vole...*

Courbez vos fronts, Jésus s'avance,
C'est votre Dieu, c'est votre Roi ;
Il dit à tous par sa présence :
Vous qui souffrez, venez à moi.
Divin Jésus, à ta parole,
Je sens l'espoir naître en mon cœur.   (*bis.*)
Vers ton Dieu, vole, ô mon cœur, vole, } *bis.*
Jésus seul fera ton bonheur.

Dans son exil toute âme humaine
Souffre, a souffert ou doit souffrir ;
Là Jésus donne à chaque peine
Un mot d'amour pour l'adoucir :
D'un doux regard il nous console
Quand nous plions sous la douleur.   (*bis.*)
Vers ton Dieu, vole, ô mon cœur, vole, } *bis.*
Jésus seul fera ton bonheur.

Quand on a goûté les délices
Du cœur à cœur avec Jésus,
On conçoit tous les sacrifices,
On croit à toutes les vertus.

De son erreur brisant l'idole,
L'âme alors bénit son vainqueur...   (bis.)
Vers ton Dieu, vole, ô mon cœur, vole, } bis.
Jésus seul fera ton bonheur.

Hélas ! combien, dans sa souffrance,
Je plains l'impie, au cœur sans foi !
Il souffre et meurt sans espérance...
A son réveil, Dieu ! quel effroi !...
Dieu tout-puissant, d'une parole
Eclairez-le, touchez son cœur :   (bis.)
Vers ton Dieu, vole, ô mon cœur, vole, } bis.
Jésus seul fera ton bonheur.

VII.

FÊTE-DIEU.

Dans son amour, Jésus vers nous s'avance,
Pour nous bénir il quitte le saint lieu !
     Mortels, silence,
       C'est votre Dieu !
O Chérubins, de vos ailes de feu
Voilez vos fronts courbés à sa présence.

Pour m'attirer, un Dieu vers moi s'abaisse !
Il veut me rendre heureux de son bonheur.
    Quelle tendresse !
    Quelle faveur !
O Séraphins, prêtez-moi votre cœur,
De votre amour versez en moi l'ivresse.

VIII.

A L'ÉLEVATION.

Chrétiens, le prodige s'opère....
    A la voix d'un mortel
    Jésus vient sur l'autel :
Il vient, c'est un Dieu, c'est un père,
    Il veut nous bénir tous,
    Tombons à ses genoux.
Pécheur, que ta foi se ranime,
Le repentir mène au pardon ;
Un Dieu pour toi s'est fait victime,
Reviens à ce père si bon .
    Refrain :
Mon Dieu, je déplore mon crime,
    Voyez mon repentir,
    Et daignez me bénir.

FIN.

TABLE.

LIVRE SECOND.

Reconnaissance.

32 Cantiques pour le mois de Mai.

BIBLIOTHÈQUE ROYALE
I

www.ingramcontent.com/pod-product-compliance
Ingram Content Group UK Ltd.
Pitfield, Milton Keynes, MK11 3LW, UK
UKHW022239120726
13694UKWH00003B/899